KB080118

달의 웃음은
뒷면에 있었네

신장련 시집
달의 웃음은 뒷면에 있었네

초판 1쇄 인쇄 2023년 10월 22일
초판 1쇄 발행 2023년 10월 25일

지은이/신장련
펴낸곳/도서출판 우인북스
등록번호/385-2008-00019
등록일자/2008년 7월 13일
주소/안양시 동안구 시민대로 272, 1305호
전화/031-384-9552
팩스/031-385-9552
E-mail/bb2jj@hanmail.net

ⓒ 신장련 2023
ISBN 979-11-86563-34-2 03810
값 10,000 원

이 책은 '경기도'와 '경기문화재단'의 '2022 경기도 문학분야 원로예술인 창작활동
지원사업' 지원을 받아 제작되었습니다.

신장련 시집

달의 웃음은
뒷면에 있었네

| 차 례 |

제 2 부

제 3 부

제 4 부

제 5 부

제1부

모래시계

흔들리는 버티컬을 빠져나온 바다풀
찌든 때를 보듬고 바다 숲을 찾아듭니다

풀들은 촘촘한 간격을 풀어 바닷물에 녹아들기까지
건조하던 뼈들이 마침 흐늘흐늘 고집을 벗고 있습니다

바다는 전생이며 어머니,
당신이 큼직한 레미콘 모래시계에 타이머를 먹입니다
서른을 갓 넘긴 그때처럼 빠른 흐름에

흐르는 모래알 하나하나 마모를 즐겨 살았을까
숲에 든 곰피의 기름진 웨이브를 보고, 음 나도 그랬지

인연의 가지에 매달려 완숙한 열매 달게 따 먹었던
나무늘보의 시간을 돌려드려야 한다는 마음이 절절한데
어머니는 밤하늘 정토에 계십니다

그래 쓸쓸히 등 굽어 돌아온 저녁
끓는 물에 국수가 투명해지기를 기다리는 이 저녁은
나무늘보처럼 아무것도 그립지가 않습니다.

거미줄에 매달린 밤꽃이었다

황새바람이 훅훅 콧속 깊이 발자국을 남긴다
반사적인 재채기는 그 여름 오색약수 한 모금 간절해서
꽃그늘에 잠시 심호흡을 약수 삼아 들이켠다

초록별처럼 흔들리는 어린 단풍나무
하늘이 자욱하게 울이 되어 달래고 있다

몇 발짝 내뛴 걸음에 허공을 찌른 내 처연한 비명에도
긴 동아줄 끝에 명상 깊은 선승은 무념무상

자세히 보니 늘여 놓은 거미줄에 매달린 밤꽃이다

어수선한 봄 길에 복병처럼 어깨에 내려앉는 자벌레의
불시착을 보며
단말마에 날아가 버린 봄꿈을 황새바람 탓만 하랴

밤꽃은 밤粟을 위해 명상에 들고
귀 여린 라일락 가지라도 흔들어 깨워 봄꿈 찾아
웅숭깊이 걷고 또 걷는다.

길
- 아! 붓다여

낯선 새 봄
빛나는 쟁기날 끝에 길이 보이네
오늘의 영화는 깨침의 장애다
빈손으로 총총 내친걸음에
돌아다 뵈는 장애여

작은 길을 지나야 큰길을 만나는 것
하늘 길을 가로막는 것은 폭풍우가 아니라
나의 소우주
사운대는 호반새 노래에도 묵묵히 걷는
그대 늘 고독의 길에 있었네

외길은 멀고 명상은 깊어
쉼이 되어 준 무우수 나무 아래
하룻밤 안주도 과분한 것
먼 등불 하나 마음에 두고 오늘을 떠나네

무우수 그늘에 잠시 쉬어 가자던
어머니의 끈도 놓아 버린
길 위의 붓다여

보리수 아래
샛별 타버린 새벽
그대 샛별처럼 성도를 이루었네

무한 경經은 무無에 비로소
번뇌의 종지
마침 무우수 꽃비에 육신도 놓아 버린
아! 붓다여.

이바구 공작소
- 부산 초량동

개발 바람이 비켜 간
하늘 아래 까르막 168 계단을 걸어 오른다

서른 해를 이 언저리에 살았어도 못 오른 계단이다
한국전쟁의 포화에 쫓겨 맞닥뜨린 처연한 바다
봇짐이 쌓고 쌓은 생의 밧줄
동아줄 끝에 오르내려 신화를 쓴 부산항이다

두 팔 활짝 열어 껴안아 보는 회한
소금기에 절은 생선 함지박
작업복 뒷주머니 줄줄이 꽂은 연장들이 꽁지를 물고
일터에 혼신이 녹아든
그들의 뼈마디 고통이 쌓여 이 찬란한 항만을 낳은 것이다

이바구 공작소 정상이다
브런치 카페에서 장쾌한 바다 파노라마
눈에 넣어도 아프지 않은 고통의 보상
미역 향에 절은 바람이 머리카락을 소금물로 검겼다가
빗질해 간다

좁고 옹색한 계단을 따라 생뚱맞은 모노레일이

장난감 아나콘다처럼 느리게 기어오른다
옛것들은 다 있다
여고시절 흰 칼라 교복, 난로 위에 도시락, 어머니
어머니! 어느 부스에 기다리시나요

기웃거리다 코끝이 아릿해지는 이바구 공작소는
울고 또 웃는 모순의 공작소다.

피아노를 부탁해

- 이사 가는 날

웬만하면
거실에 버티고 있을
피아노
골목 아이들이
들숨 날숨
손 말고 발바닥으로 뚜드리다
숨이 차야 돌아오던

아이들은 자꾸 돌아본다

까만 건반이
어긋난 반음
조율 한번 못 해 준
피아노 계단
빤히 마주본다

가는 곳을 알려나 줄 걸.

기다리는 마음

다락방 창호가 떨리던 그 저녁
달뜬 노크에 둑이 터진 월장은 귀를 막아도
밀려드는 청어 떼처럼 소곤대고 있었다

이유 모를 쓰라림이 밤바다 때문이라
쪽창을 닫아 버린다
상처도 없는 이 아픔의 진원은 어디인가 거듭거듭

되 열곤 하던 달빛 샤워
가을달은 무단히 길고 긴 윤슬이 남항 바다를 점령하고 있어

김민부 시인의
'기다리는 마음'을 절절히 애창하면서도
무던히 아파했던 젊은 시인의 속앓이
목숨으로도 이루지 못 한 사랑의 탄식이었다
늦게야 여기 부산 앞바다 토박이 푸른 시인을 아네
그 나라에서 모연한 달빛 아래 기다리던 사람을 만났을까

그립던 사람 가까이
그 하늘 살이가 달빛이 유혹하는 윤슬을 지나
짧았던 생이 하늘의 명이 긴 별이 되었으리라.

그 집

그 집을 찾는다
여름, 여기쯤 머리보다 더 큰 수박에 힘겨웠으니
적송을 타고 오르는 푸른 담쟁이 이정표 삼았지
넘치는 생수 거푸 마시고
엉기는 갈래 마음이 새삼스레 띈다
팥죽처럼 뜨거운
땀을 꾹꾹 눌러 마음을 다잡던 곳
클로버 무늬 손수건이 흠씬 젖도록

비스듬한 언덕을 올라 멈춘 그 자리
푸른 기와지붕
거기 머뭇거린 가슴의 중력은
여태 붉게 남았어라
초인종이 커다란 문짝을 뚫고 나올 리 없는데
손끝은 바닷가 모래처럼 밀리고 있었다

그 집 앞
자물통이 묵직하게 어깨를 누른다
예나 없이
접시꽃은 수줍게 웃고
반색하던 순박한 사람 가슴에만 남는다.

쟁기거북

육각 무늬가 황금알처럼 눈부심도 죄가 되었다
수인번호 3151MG
여섯 글자 등껍질에 남겼다

마다가스카르 밀림의 보물 스스로는 지킬 수 없어

외가에 첫 근친 가는 아기가 탐나
해코지하려는 아수라를 따돌리려
숯검댕이 칠하듯 너에게 진홍 글씨를 새겼느니

왕관이 빛나는
쟁기거북아!
지상 어디든 활보하라는
면허증
주홍 글씨 네 등에 남겼다.

요술 자배기

자배기 속의 금붕어
물끄러미 자맥질에 빠져든다

청보리 물결 따라
어머니의 손때가 여직 남아 있는지
오목 볼록한 자배기 속을 맛나게 핥고 있다

춘궁기에
늘보리 대끼던 황혼이면
화끈거리는 불화로의 요술 자배기
그 속에 들어가면 허접한 건건이도
꿀 먹거리로 둔갑하던

광택이 투박하던 돌기와
갈매기 무늬가
어머니의 뚝심에 재간 없이 뭉개지고
우리 배꾸리는 볼록했다

먼 길 가시던 해
헛간에 맥없이 둘러앉은 자배기
어머니 모시듯

부둥켜안고 집으로 와
물 반 눈물 반
금붕어 수궁이 되었던

수궁에 풍덩 별이 떨어진다
금빛 물결 출렁인다.

이사 온 팽나무

가덕도 율리에 금실 좋은 팽나무 부부는
한 오백 년을 살았다
금실이 너무 좋아도 심술부리는 인간사
갖은 구설, 변덕에 오르내리다
물설은 해운대 나루공원으로 이사를 왔다

하루같이 액 맥이 바람막이로 살아온 공덕은 알아
삼살방위 무탈을 박수무당 불러 사흘 밤낮
치성드린 율리 땅 민초들

율리를 떠나
뱃길에 흔들리며 낯설고 물설은 십 리 길
해운대 나루공원에다 노구를 풀었다

오백 성상을 살았으니
어금니 하나가 뽑혀도 심신이 혼망한데
불안 슬픔이 나무라고 초연할까
붕대 칭칭 동여매니 오백 가지 아픔이다
지지대 세우고
붕대 풀기를 18년의 지극정성 고초 이기고
지팡이 짚고 허리 펴니

일 년에 한 번 율리 식구들이
할배 할매 백수를 더하시라 축수하러 온다 하네
동동주 목 축이는 오늘이 그날이다.

생가

1

무심한 사람
태어난 집이 수몰이 되었던가
판문점 저 너머 동토에 있음인가
50여 년 훌쩍 넘어
청마 선생의 생가와 시비 참배 길을 나서고야
온 김에 친정 들르는 매정한 사람이다

하현달처럼 휘어진
정지 문턱을
형제들이 아슬아슬 곡예로 살 닳았을
발자국 고스란히 보듬은
애처로운 회한을 쓰다듬어 본다

홍도, 제주도 비행기에 몸 실어
바람처럼 날아가던 쇠틸 같은 젊은 날은
까맣게 잊고
머리 희끗희끗 저문 녘에
생가를 찾아 새삼 애달프다 푸념을 할까

흩집은 옛 그대로
기다리다 지친 우사는 남새밭이 되었고
두껍진 끄름에 작은 창호문살들이
구구절절 성토의 입처럼 비죽거림이야

좁다란 마루 끝에
미지근한 체온을 남겨두고 돌아서려는데
핏줄이 댕겨 발목이 저리다

2

젊은 아버지
쌀금네 아제와 새 집 짓던 솔향 내
명치서부터 울대를 타고 오른다
생나무 둥치는 마지막 볕을 누어서 몸 말리고
조무래기들의 말馬이 되어 산하를 달린다
말타기가 시들해질 무렵
톱질하고 대패로 밀고
아귀 맞추던 거림리 302번지
우리 모두 다 목수처럼 바빴다
자투리 나무토막으로

집 짓던 여섯 살
바람구멍 숭숭 뚫린 흙담에
야쓰러운 살림 차려 코흘리개와 살았다
집 없는 달팽이가 더듬이 세워
기지개 켤 무렵, 참았던
쏴 – 소피를 본다
톱밥 사이로 감쪽같이 스미고 마는
오줌을 빤히 쳐다보며
깔깔거리다 내일은 여기 살림 차리지 말자
눈대중하던 거림리 302번지
어린 꿈은
이사 가는 꿈이었다
바람벽에 날아갈 듯 애잔한
나의 생가여.

와우 불!

자유공원 앞길 흥안로를 걸어 보라
사철 꽃길이다
바람이 작살비를 물고 와도 젊은이 넘치는 길이다
가뭄 끝에 반겨라 흥안로를 걷다 보니

신발 밑창이 발갛게 핏빛이다

애잔한 벚꽃 잎은 바람이 몰아가고
꽃잎을 보듬었던 꽃자루들이
보도블록에 샐비어 꽃수를 놓았다

와우 불!
한때 꽃과 한 몸 홍안이 함께 빛났거늘
꽃은 어디로 따로 누웠네
다이아몬드 스텝에도 밟히는 무저항의
어진 이들
우리 부처들이다.

습설濕雪을 보내며

결국에는
그대 맑은 눈물이었습니다
머물 듯 부유하고
선 듯 떠나기를 주저하던
강단 없는 이여
간밤 천둥 치고 우레 지르더니
당신의 몸부림이었는지
해 뜨기를 기다려
산 구릉 왼 구비
흘깃 날리는 옷자락을 배웅해 봅니다

그 눈물
습설에 다 스미어
떨켜를 흔드느니
반나절 하야니 반짝이다
발자국마저 지우며 떠나네
내 그리움
그대 서러움에 비길까 만은
봄 부른 소명이라
숙연할 뿐입니다

머물던 그 자리
흔적도 없어 헤퍼 하지만
외려 고아라
까칠하던 회양목에 걸터앉아
한식경 숨 고르기
부비부비 눈곱 털어 내는
꽃 회양목

그 고초 이겨 낸 눈방울이
엄첩기만 합니다.

대청봉의 영산홍

네가 있는 곳으로 숨을 들이켠다
구만리는 몸이 먼 곳이지
마음은 지척이다
는개는 또 얼마나 대청봉을 떠밀어 올릴까
바람은 또 얼마나 널 흔들어 몰아갈까

응달의 눈에도 숭숭 바람 들어
땅속부터
눈 녹아 젖는 땅에라도
수탉처럼 네 벼슬을 곧게 곧게 들어라
눈보라 휘감기는 네 생각 내 겨울도 붉었다

매운 당초 삼키고 키 낮춘 너
겨드랑이쯤 불끈불끈 설악의 혼을 틔운
뜨거운 별아
기꺼운 꽃아
설악을 지켜온 네 열정 가슴에 있다.

제2부

달의 웃음은 뒷면에 있었네

달은 언제나 미소만 지을까?

등을 느긋이 붙이려 해도 새벽이면
좀이 쑤셔 들썩이는 농군처럼
두충나무 허전한 어깨가 꿈틀거린다

미소 지을까 활짝 웃을까 생각을 만지작만지작
달이 흔들린다

여간해선 부시지 않는
은은한 온기의 원천을 찾아 진정한 얼굴이 보고팠다
기필코 찾으려 애태우다 돌아오던 달맞이 고개의
지루한 내리막을 한없이 배웅해 주던 미소

미소 만으로 세상이 굴러간다면야
풀무질하며 바삐 뜀박질하다 올려다본 달은

바람에 씻겨 까풀만 남은 고도 빈혈을 벗고
어두움을 쓰다듬어 환하게 살이 오른 달의 진면목을
나는 보았네

쪽을 찌어 빛나는 아미에 땀이 흐르고
은화처럼 도톰한 계수나무잎의 무구한 인연이 사라질까

한 잎 한 잎 채색하느라 계수나무에 걸쳐 두었던
생기 넘치고 활력에 찬 얼굴을 미처 숨길 수 없었던가
파안의 사발꽃이여

달의 웃음은 뒷면에 있었네.

동행

1

도로 갓길에 시동을 끄고 붙박여 있는 봉고차
푸들과 남자는 오늘의 동행이다
남자는 새벽 가락시장에서 복숭아 한 차를 받아 왔지만
'복숭아 사 가요' 라는 말을 못 한다

수북수북 담아 놓은 복숭아 다라를 일렬로 세우고
그리고는 은행나무 그늘
아예 벤치와 한 몸이 돼 버린 남자
그 사이를 오락가락
밤색 털의 푸들만 발바닥에 땀이 난다
누가 다라 곁을 다가오면 푸들이 꼬리 흔들며 달려오고
남자는 당최 폰에서 눈이 떨어지지 않는다
뱉도 없는 손님은 써 놓은 대로 지폐를 놓고 가져갔다
마수걸이는 겨우 한 셈이다
그뿐이다
보송한 얼굴로 나앉은 복숭아들이
백로가 지난 햇살에 얼굴을 붉히고 하나둘 토라진다

2

한낮이 지날 무렵

남자는 통조림과 사료를 벤치 위에 늘어놓았는데
푸들이 먹은 흔적이 없다
가끔 남자의 손바닥 물을 핥았을 뿐이다
지나가는 행인들은 이상한 노점을
기웃거리다 그냥 가는 것이 태반이다

그늘진 벤치에도 짧은 해가 들다 가니
낮술이 거나해진 복숭아도
종알거리다 지쳐 벤치에 올라앉은 푸들도
시큰둥 배를 깔고 누웠다
말똥하던 까만 눈이
집 나오면 개고생이라는 집이 그리운지
흘깃흘깃 남자를 흘겨본다
남자는 그제사
'복– 사 가요' 신음처럼 토했지만
이미 거리는 땅거미가 앉았다
복숭아는 거의 줄지 않았으나
남자가 벙어리가 아닌 게 유일한 수확이다
봉고차에 시동이 단번에 걸리자
복숭아 떨이라도 한 것처럼
꽁지 빠지게 달아났다.

제피 토장찌개

외할머니 먼 길 배웅하고
갈풀처럼 오신 엄마
여러 날 눈 맞추고 애써 살피는데
뒤 멀미 말고는 젖은 눈을 본 적이 없었다
어찌하여 엄마를 잃고 살 수 있을까
숨어 우시는 걸까
응어리 하나 몰래 자라고 있었다

이듬의 봄이 오고
시장을 다녀온 엄마는 제피나무잎으로
토장을 끓이고 자운영 쌈이
마른논에 물 들이듯
파랗게 허기를 채우곤 하던, 봄이 가고

엄마도 멀리 가시는 날이 내게도 와
꽤 오래 표나게 앓았던 상실
거죽으로 삶을 걸었으되 멈추어 있던 모두
응어리를 풀어 보자
시장을 샅샅이 제피와 자운영을 찾아다녔다
허기를 채우고 싶었으나
그것은 채우는 것이 아니라

허무라는 것을 알았다

외양을 감추려 잦은 산행에서
겨우 한 뼘 남짓한
야생의 제피나무를 보고 단박에 탄성이 터졌다
콧등이 싸해지는 엄마 냄새

꼽슬이 초록에 노란 좁쌀 꽃
누릿한 늦봄까지
젖내를 파고들 듯 엄마 품에 흥건히 젖었다

9월의 독 오른 제피 잎에
띠포리 두세 마리 넣은 토장 끓이는
달인이 되었다.

선물

새털구름 같은
왼 가슴에 꽂으면 날아갈세라
소중함이 진할수록 가벼이
저울 위에 누워도
표 없는 너를

두 팔 가득 껴안아
한 손에 살포시 쥐어도
쏘옥 드는 너를

멀리 떠나가 잊은 듯
흔적을 지우다
척박한 삶이 휘청일 때
잠자코
곁이 되어
숨 같은 너.

억새

당신이 꽃이라
남들은 말하지만
나는
새라 부르오

하늘 날아오르는
새보다
꽃
다운 새

은빛 축제의 은발
새들 품이 된
그대

그 품이면
날을 수 없다 한들
새라 부르오.

인연 因緣
-석이

꿈이 뭐냐고 물으면
거침없이 큰스님이라 말하는
이제 다섯 돌을 맞은
석이
지도공부를 한 아침에
마을로 내쳐도
소금을 얻는 일이 즐겁습니다

잠시만 기다리라 이르던
일주문 밖
엄마가 찾아올 것 같아
둘레둘레 살피며 길을 걷습니다
큰스님 따라간 느티 장터
아이스크림보다
누군가를 찾아 두리번거립니다

법회마다
맨 앞줄에 턱 하니 앉아
졸음에 절구질하는
까까머리 석이
마룻장을 울린 이마의 피멍은

어디서 보고 있을 엄마께는
감추고 싶습니다

아픔이 졸음을 이기진 못해도
석이 꿈속에
큰스님이 자라고 있다는 걸
엄마에게
꼭 자랑하고 싶습니다.

학춤

소임 맡은
나한전 목이 쉰 스님
독경을 밀치고
한판 춤 공양 올리니
풍경은 징징 쇳소리가 돋다

연지에 목 축이고
사시巳時 때맞추어
춤 공양 풀어 노니는
목이 긴 학

흐르는 물굽이
하나 되어
백담에 솟아 벼락이 듯
휘몰이 잦은 몰이
한껏 승모 견이 도도히 치켜서다
잔물결에 잦아드니

목이 쉬었다는 승은 뒷전에 두고
펼치는
사르나트 풍경.

닮은꼴

가을비 속에 누가
나직히
우산을 쓰고 앉아 있다

붐비는 시장통에 조신한
국화분
찬비에
꽃잎이 젖으니
꽃바퀴를 꼭 여미는 우산

머뭇거린 내 걸음에
쪽문이 열리고
우산을 살피는 볼우물이 곱다

이른 봄이
닳도록 내다보았을 그
깊은 눈
국화처럼 맑았다.

키오스크

의도적이다
학원가에 자리 잡은 패스트푸드점
회전문을 밀고 들어선다
도서관처럼 아이들은 이곳에서 공부와 논다
테이블을 차지하고 문제집은 닭 날개에 숨었다
노트북과 콜라가 공생의 열린 공간에 없는 것이 있다
선생님은 없고
점원도 없다

오늘은 주문과 결제가 한 방에 성공이다
햄버거 하나를 들고 빈자리에 조심히 앉아 보니
적당한 시끄러움, 자유분방한 그들

그들을 공부한다
가로수길이 낙엽으로 뒤덮여도 오늘을 공부하기 바쁘다
세상에 발맞추려 안간힘을 쓰나 대문 밖을 나서면 낙제생,
금식하고 채혈을 마친 후 병원 밥을 먹지 못하고
라운지에 앉아 커피를 마시는 만추, 급변하는 시절을 따라가기가
버겁다 못해 불안하다 어디까지 합류가 허용할까
틈이 나면 낙제를 면하려 레슨을 받으러 오는
늙은 아이가 낯설게 무인도에 앉아 있다

집으로 오는 길
각색의 단풍에 눈을 맞추니 좁아진 어깨에 힘이 들어간다
가을비에 낙엽 절반은 이미 길 위에 누워 있다
누워 있어도 아름다운
낙엽이고 싶다.

사랑에 빠지다

계단을 두 칸씩 뛰어갔어도
인파를 막 쏟아 놓은 당고개행 전동차는
꽁무니에 불붙은 양 달아납니다

맥이 풀려
동강을 거슬러 오르려다 뒤처진 인어들
마른 강바닥을 유영합니다

막막한 강변에
엄지 두 개만 딸깍이는
잉여의 시간
갯벌에 모이 찾는 털게와
물살을 기다리는 인어는 동족입니다

플라타너스 벽화에 기대어
아! 샛별이 보입니다

영어단어장에 코 박은
안경쟁이 머시매야
'나랑 도나우 강 가자'
단어장에 빠진 그 애랑

도나우 물결

모처럼 몇십 년을 거슬러
사랑에 빠집니다.

자비

나른한 봄기운을 날카롭게 찢는 금속성이 낯설지 않다
입춘이 지나자 나무에게 무섭게 톱을 들이댄다

이런저런 이기심에 수관의 펌프질이 이미 시작되고
앳된 가지로 수액을 빨고 있으련만
가지를 무참히 자르는 일 또한 누군가의 생존이기도 하겠다

만신창이가 된 나무를 보며 눈을 흘기다
어느 날 귀갓길에 눈이 청량해지는 것에 감사하는 변덕이라니

손녀의 스케치북에서 눈익은
네모진 나무는 부스스 까치집을 품은 양이 어정쩡하다

무자비하다고 눈살 찌푸린 기억이 그나마 조금 보상을 받는다
자비는 무자비 속에 어째 수줍다 하고

나무 중천에 한 점 사랑을 남겨둔 그대
그때 만시지탄을 용서하라
입주할 까치인 양 골조뿐인 둥지를 맴돌다 온다.

망해암 해너미

바다는
한 뼘 올라
하늘은 반만 내려
마주하는 거기
몸 푸는
해

긴 하루
살아온 불덩이
와락
서해가
끌어안는다.

나에게 쓴 처방전

그러다 말겠거니 그런데, 매미는
갈래지고 가끔 음을 놓치며 자신 없어하던
소리에 힘이 실리고 있다
그날부로 나도 정색하며 동네 의원을 기웃거렸다

작년 봄 무렵
국화가 여기저기 순을 내고 있기에 무리 지어 피라고
호미로 땅을 호비는데 새알사탕처럼 동그랗게 몸을 말은
굼벵이를 건드렸던가 꿈틀거리는 몸짓이 귀를 찌르는 것이다

두세 달 동안 주변 병원에서 머리와 귓속으로 빛을 쏘는
검진을 받았다 따라오는 별별 약을 삼키는데 어영부영
이명은 더 또렷하고 화음이 어우러지고 있었다

명의를 만났다
냉철하지만 양심 있는 명의였다
귀의 성능은 40대라고 남의 절망을 보듬어 주며
다만 매미 소리를 유별나게 잘 듣는 귀라고
좋다는 약에 솔깃해서 먹지 말라며 처방전은 없단다

집으로 오는 길은 멀었다

아무에게도 보이지 않는 상처라면 아파하지 말자
'FM 라디오 애호가가 되라'고
가을이 와도 멈추지 않는 나의 매미와
나에게 쓴 처방전이다.

아버지를 닮습니다

현관이 떠들썩
내리사랑이 오나 봅니다
요란한 조우가 끝나고
가만히 현관으로 나와
삐뚤빼뚤 꼬까신을
가지런히
짝 맞추어 놓습니다

이마가 나란한 신을 신으며
가지런히 벗을 테니까요

문지방을 밟으려다
잠시 발 모아 사뿐히 넘습니다
휙휙 닦달하는 디지털 세상
문지방 없는 집이 늘어 가는데도
누누이 이르던 아버지처럼
행실이 반듯하라
유별난 주문을 하고 있습니다

그래야 내리내리
반듯하게 살 테니까요.

제3부

소만小滿 즈음

풋콩 한 자루를 풀어놓으니
부자가 따로 없다
톡! 톡! 콩꼬투리에서 터지는 향수
몽탕한 집에는 삼 형제
갸름하고 긴 집은 일곱, 여덟
아, 그런데 아홉이라니
밥상머리에 빙 둘러앉아
엉덩이를 좁히던 그 푸른 집
탱탱한 울타리 너머 드넓은 세상을
그리워했지

이리저리 튀기 시작하는 완두콩
몸이 활처럼 허공을 겨눈다
겉만 쓱 봐도 꿈을 헤아릴 만하니
완두콩 두세 됫박에
콩깍지는 도로 한 자루가 넘었다
소만에는
눈먼 이가 소금을 팔아도 남는 게 있다.

꿀벌 1

부지런한 신랑감을 기다린다
감나무는 연줄연줄 꽃망울 열 판인데
꿀벌의 날개 소리 감감하다

달빛처럼 이토록 살메가 고울 수가
과년한 딸 가진 애미는
'좀 늦어도 오기는 하겠지'
음전한 감꽃 눈치만 본다

엄마도 다섯 딸을 쟁여 두고
잠 설치는 날 있었을까

응애가 찐하게 껴안아 버렸는지
태양의 흑점이 어쩌길래
꿀벌이 날아오던 하늘은 씻은 듯 맑다

오징어 가면 쓰고
함진애비 앞세워 오던 새신랑 보며
박꽃처럼 웃던 엄마

날 저물도록
감나무 밑에 일삼아 길 닦고 있다.

종

- 석수동 마애타종상

봄맞이 나온 아이들이 반갑지만 귀만 크게 보여 나는 공포에
떨었습니다 아름다운 종소리는 네게 아직 없으니까요

살짝만 닿아도 숨을 몰아쉬고 경기하는 미모사 잎처럼
잠깐 동면이라도 들고 싶었지요

우와 종이다!
아이들은 단숨에 내 이름을 불러 주었습니다

별안간 보이지 않는 곳에 숨겨 두었던 기적이었을까요
아이들 눈빛에 그늘이 들기 전에 마음의 종이 울었으므로
나의 소원은 이룬 것입니다

태어나 처음 손에 쥔 당목은 목숨과도 같아
종신에 닿는 꿈에게 날마다 향을 피워 소원을 올립니다

나에게 꽃으로 보이던 사랑이 있었지요
사랑의 포로였던 사슴벌레 쥐눈이콩처럼 빛나던 그 눈망울
나는 사랑으로 모든 아픔은 치유가 되는 줄 알았습니다

바위 속에 스며든 수많은 종소리

울리지 않는 내 종소리와 함께 섞이고 쌓여 아이들의 마음에
아름다운 종소리가 울린 것을 나는 믿어 봅니다

종아! 다가오라 목책을 뚫고 멀리 격조 높은 소리로 울어라
사슴벌레의 귓가에도 참회의 내 마음 닿을 때까지.

염치 廉恥

되새겨 보는 추억 하나
세월을 넘어서니 아픔은 말랑하게 품속을 파고든다
예닐곱 살의 금이
오빠는 하굣길에 풀 공차기에 빠져들고
목을 늘인 부룩소는 들목에 메어 있다
산비알은 잔뜩 풀색이 짙어 꿀이 뚝뚝 흘렀다
휘둥그런 부룩소와 눈을 맞춘 금이
눈싸움에 지고 말아

고삐를 푼다

이 유순한 눈이 설마 콩밭으로야 갈까
금이도 부룩소도 눈 감고 가는 길 아닌가
그런데 들목을 벗어나자
휭하니 콩밭으로 직행하는 부룩소
워! 워! 힘껏 오빠 흉내를 내었지만
금이는 논고랑에 헤딩을 하고 우렁각시를 만났네

부룩소는 천방지축이었다

이웃 아제 등에

펄 도백이 미꾸리 꼴로 업혀 온 금이
탱자꽃 울타리를 뱅뱅 돌기만 하는 오빠를 보았다
그때 진정으로 오빠를 위한 것이 해한 것이 되고 말았다
오빠는 가고 없지만 한 번도 물어볼 수 없이 흘러간
안타까운 필름 한 장
곰곰 생각의 끝은 몰염치에 기운다.

그래도 사랑하리라

한몸이었던 매봉산이
설잠을 깨고 보니 둘로 갈라서 있다

흙을 헤집어 풀뿌리라도 잡으려다
산을 흔드는 덤프트럭 소리
지척이던 사이가 꿈결처럼 멀어졌다

바람아!
새 빛 봄에 가슴이 뛰던
우주의 소리 중에 으뜸인 우리 밀어
가슴과 가슴 마주대고 영원하리라 했던 바로 어제가
끝이라는 당치도 않은 오늘이
아무래도 꿈이다
우리는 몹쓸 꿈을 꾸는데 산은 열려 있다

모래가 흐른다 눈물이 흐른다
얼마나 흘러 몸이 소진하여 바람 끝 먼지가 되어
천년 기도의 끝에 두 손 모아
그 먼지 모여 태산이 되는 날 올까

낙석주의!

붉은 삼각 팻말은 누가 누구에게 던지는 돌인가

생살 덧씌운 푸른 그물코에
철없는 봄이 오고야 마는구나
그물코를 비집고
철없이 나무도 무성히 자라겠지, 그건
내 그리움의 벽
너에게 닿을 수는 없다 해도
그래도 사랑하리라.

너는 파브르

- 수빈에게

아슬아슬
내 조바심을 앞질러
뜀박질하는 아가
단풍나무 잎새가 왜 흔들리는지
작은 호롱불을 내다 건 산수유 열매
색칠공부는 누가 하는지
물어오는 너는
이미 화가로구나

향기를 맡으며
코스모스 꽃잎에 코를 가까이
숨을 들이켜다 얇은 꽃잎 망가질까
흠흠흠
잠자코 꽃망울에 눈 맞추고 있는
아, 시인이구나

축구 골대로 뛰어가
요술공을 걷어차 그물망이 출렁
발밑에 꼬물거리는
일개미에게
모래 헤집어 길을 열어 주는

너는 파브르

첫 번째 함께한 가을의 이 선물
작은 네 가슴에서
나의 가을로 걸어오는 희망을 보네
문득 너를 태운 말이고 싶다

내 등에 업히어
토닥이는 심장 소리 분홍빛이여
환하게 불이 켜진 집으로 오는
짧은 길 내내 등에 와 닿는
따스한 네 숨
더 오래오래 걷고 싶었다.

양귀비꽃과 냉이꽃

신호등을 기다리다
분단장 마친 양귀비꽃 참참이 들여다보다
가인의 농염한 자태와 잘 다듬는 빛의 접신이 명품이다

한참 이모저모 찬사에 침이 마르다
푸른 등에 이끌려 발을 옮기다 거름망을 밀어 올린 꽃대
꽃냉이에게 이제 막 봄이다

힘겹게 밀어 올린 발아에 너야말로 자연의 왕이다
너야말로 꽃이다 양귀비를 등지고 앉았다

짓누르는 대로 움츠리는 길은 길이 아니다
부스러진 햇살 움켜잡고 바람도 끌어안아 오른 길이기에
수없이 풀무질하여 세 줄기 꽃가지로 바람의 세상을 막아선다

건널목 신호가 푸르게 바뀌어도 그의 긴 여정이 이어지고 있다
진정 작은 꽃이 아름답다.

별꽃나무라 부른다

늘 다니던 버스 정류장에 나무 한 그루에 끌리다
굼뜬 버스를 보채느니 버스 정류장 나무에게 다가섰다
애살스레 순을 내어 무상의 봄 끼를 건네기에
그냥 스치니 소매 끌어 본새를 보여 준다
당찬 향에 당황케 하는 나무

오돌토돌 푸른 열매가 낯설지 않아
자세히 보려고 고개를 한참 들었는데 하얀 별꽃
세상에 너였구나

하수도를 경계로 야트막한 둔치에 자유로운 영혼
멋대로 둥치 키우고 하늘이 출렁출렁 초록 수놓고 있다
꿈을 뭉개고 작달막해라
우격다짐에 찌들던 그 나무다

굼뜬 버스는 인내의 보상으로
하늘은 무심히 버려둔 것에 유심을 거느리나 보다
쥐똥나무도 당당한 그늘을 내어 준다
쥐똥나무 이름은 당치도 않아
별꽃나무라 부른다.

고맙소牛

눈을 마주하니 맑은 샘 하나 고여 있네

전생과 이생의 어느 건널목을 스쳐 지나며 한솥밥 먹었을
무단 남이 아니다
태생이 선한 사람 중에 몸으로 행하는 허우대 넉넉한
수행자의 다른 모습이다

어느 보릿고개 넘으며 빚진 걸 잊고 사는 건 아닌가?

야박한 이생을 살아도 여수는 밝아야지 했는데
말속에 감춰 버린 고맙소, 라는 말끝이 흐지부지 사라졌다

마흔두 마리 소!
비행기 탄다고 좋아하는 기색 없이 젖은 눈
살 만한데 왜 입 하나 덜자고 더부살이 보내던 그 시절 생각나
카트만두로 떠나는 우리 소의 초롱한 눈빛 그늘은 없었다

태를 묻은 땅에 보은하려 우리 땅에 논밭 갈고
밭은 젖을 훑어 송두리 먹이더니 순박한 곳으로 떠나는구나
우골탑이 키운 우리의 두뇌들 소 팔아 쌓았으니

네팔의 순진무구의 눈을 밝히려 가누나 누구를 도울 수 있는
우리 소 어찌 가슴 뿌듯하지 않으랴

그곳 다랑이 논밭을 갈고닦아 기쁨의 길도 닦아 주다
참 수행의 길에 들어 해탈하면 좋으리.

갈등

- 지폐 줍기

1

오랜 갈등이다
바퀴 실한 유모차를 사느냐
아니, 안짱다리 수술이 급하지
뒤척이다 밤늦게야 수술로 낙점한다

웬걸
날이 밝으니 수술도 새 유모차도 소용없이
망가진 유모차와
휠 대로 휜 안짱다리가 편의점 앞에
어김없이 쩔뚝이며 나타난다
역시 흘린 지폐를 줍는다

2

갈산 노인정을 지나며
정자에 나와 앉은 또래들에게
놀고먹는 식충이 할망구라고 눈 흘긴다
지폐들이 거리 구석구석 널브러졌는데
입까지 삐죽이며 자신의 모습이 여간 떳떳해서

어깨에 힘이 들어가니
점점 다리 통증도 사라진다

고명딸이 울고불고 그 짓 그만하시라
한 달 폐지 수입이 얼마냐고
그 돈 웃돈게 꼬박꼬박 통장에 넣기로 약속하고
웃고 돌아간 고명딸도 맹탕이지
백억 원의 시작은 일 원이라는 걸 모른다
이렇게 지폐가 깔렸는데
설령 백억이 있다 해도 놀고먹을 수는 없지
혼자 완강히 고개를 저었다

3

일하지 않고
청년 수당을 받는 백수들에게
날 보라고
간밤에 딸이 손에 쥐어 준 앵두 색 립스틱을
꺼내 힘주어 발랐다
얼만큼일까 백억의 지폐와 폐지의 부피
가늠해 보다 그냥 포기해 버린다

노닥거릴 시간이 아깝다

비릿한 건어물전 박스가 수북이 나온 것을 보자
더욱 걸음이 바빠진다
다리가 불구인 유모차 위로
제 키보다 높이 폐지 박스가 쌓인다
직진을 고집하는 그녀와
무게에 짓눌려 길가 벤치로
좌회전하려는 유모차

우선순위를 다시 바꿔야 하나
갈등이 깊다.

살아있는 것은 다 하늘을 그리워한다

어항 속에 혼자 남은 명이 긴 플래티
푸른 하늘을 그리워하는 줄 알았다

울타리가 갑갑해서 배회하다
유리 벽이 다가서면 마음을 쉬 닫기도 하련만
되돌아서 도전하는 그에게
넓은 하늘을 보여 주고 싶었다

창가에 볕이 들면
빛 오라기를 잡으려 어항 속이 떠들썩하게 물보라 치기에
그래 옥상으로 가 원 없이 그리움 펼쳐 보자
칙칙하던 비늘이 알알이 보석인 줄 그제 알았다

살아있는 것은 다 하늘을 그리워하는 줄 알았지만
지층의 잡다한 고민을 해결하고 올라와 보니
정말 플래티는 하늘로 날아가고 없었다.

종이꽃
- 카네이션을 받았네

가장자리가 볼록하게 숨을 불고 있을 때
네 도톰한 볼이 보인다
레이스를 좀 더 아름답게 접으려 손끝이
또 얼마나 야무졌을까

고수머리처럼 주름진 카네이션을 접으려
가늘한 네 엄지가
한쪽이 접힌 색종이를 쭉 밀어 올릴 때
입꼬리 지그시 오므렸지
결국은 봉오리가 모아져 봉긋하니
꽃은 웃고 말았구나

초록은 뭉텅하게 잘라 붙이니
할머니 목걸이 닮은 진주, 세 알

멋진 카네이션이 반겨라
네 마음의 꽃말이 나에게 왔다

들여다보니 꽃보다 고운 마음의 연못 속에
네 고운 노래도 녹아 있어
종이꽃에게 이리 긴 이야기가 담겨 있는 걸

따뜻하게 느껴 와
꽃으로 말하고 또 웃음도 담아 보낸
카네이션꽃
사랑해 세아!

채식주의

초복 무렵 기르는 닭이 날개를 쫙 벌리고 헐떡이고 있다
그늘 한 뼘 없는 옥상이고 보니 너무 가혹하다
무더위 오기 전에 수소문하던 중
제천으로 귀촌한 후배가 선뜻
입양을 해주어 한근심을 내려놓았다

보내고 삼 년 차에 들었는데도
해 질 무렵이면 옥상 담벼락을 돌며
순찰을 돌기도 하고 횃대를 찾아 새시 문 앞에서 나를 부르는
착각에 일손을 멈추곤 한다
AI가 창궐할 때에는 후배에게 자꾸 안부를 묻지도 못했다
참 유별나다 할 것 같아서다
머리가 아둔한 사람을 빗대어 닭대가리라 이르는 말은 닭을
치맥으로 여기는 사람이겠는데

근데 전혀 미물 중에 지능이 꽤 높은 수준임을 알았다
주인을 알아보고 냉큼 무릎에 올라 영특한 눈빛을
바라본 사람이라면 닭을 안주로 삼지는 못하리라
그 짧은 인연으로 채식주의자가 돼 버렸다
더구나 구제역에 걸려 기르던 소들을 매몰하고
흐르는 눈물을 주체하지 못해 엎드려 큰절하며 속죄하는

농주의 모습을 보며
우리집 식탁은 풀밭이 돼 버렸다

미안하다 너희를 보내고 한 번도 가서 후배에게 고맙다
인사하지 못하고 너를 끝까지 기르지 못했다는 죄
그래 육식을 즐기지 못하는 것이다.

제4부

바람도 사랑이다

구부정한 가지가
암만
눈에 거슬린다

지지대를 세우려다
어련히 휜 가지로 살아갈까
요령껏 살라 했네

기다림도 사랑이다
때로는 무관심도 약이 되던가
굽은 허리 펴고
뒤늦은 화답
꽃봉오리 곧게 치켜들었다

바람의 속심을
꽃이 먼저 넘겨짚고
꽃의 눈치를 바람이 모를 리야
활갯짓치고 어깃장 부려도
기필코 꽃에게로 온다

굽은 등을 오래 어루만졌으리
꽃과 바람은

세세생생 한 몸
제아무리 어면 길 가도

꽃 피고
씨알 영그니
바람도 사랑이다.

소래 가는 길

팔순에 남부 고속로를 손수 운전하고 평촌에 오신 시누님
노지 토마토 봉지를 건네며 짱짱하셨다

찜통더위가 기승을 부리는 초복쯤이었지
호박잎 풋내 뺀 된장국에 머윗잎쌈이 기미에 맞았던지
'우리 가을이 오면 소래 가자
눈처럼 하얀 소금 뿌리고 왕새우구이 먹자'

매식을 주로 하셨기에 채식뿐인 식단에 흡족하셨으리

주렁주렁 의료기기를 달고 있는 시누님의 병실
유리문 밖에서 뵙고 돌아서며
생뚱맞게 소래 가는 길이 떠오른다

너무 오랜 기다림이 아니기를 바라는데 목이 말랐다

소한에 오른 관악산이 연사흘 내린 발비가 얼어붙고
오늘은 약사여래 전
뜰아래 엎드려 허허한 마음을 올리고 하계를 내려다본다

소금꽃 피듯 삼라만상이 상고대 천지인데

냉기를 뿜어내던 바위도 하얗게 얼음꽃을 입었다
'올케 소래 가자'
바위도 돌꽃이 이리 아름다운 날
웃으려 해도 눈물이 난다.

무無자 일기

- 혜능비구니

입춘방을 붙이던 날

턱없이 큰 나비 리본을 머리에 꽂은 그를
리본이 본마음이 아니라는 걸 보이고 싶은 마음을 알았지

날아갈 듯 나비처럼 억지를 부리는 깊은 내면을
어루만지기도 너무 멀리 가 있어 꿈을 꾼 대로 온다잖아
좋은 꿈을 꾸자

꽃다운 모습 애써 감추지 말라 해도
젖은 눈 지우려
쓰고 또 쓴 무無 자의 행렬은 눈물 배인 수묵화가 되고 말았다

종지 풀 일으켜
순백의 꽃 피운 설레임이여
촉촉이 번지던 삶의 열기는 마음의 진심을 감출 수는 없어

이름을 지우고 세심천에 마음을 씻는다

들녘의 바람은 어제 다 반겼으니
심지에 불 댕기고 기웃거리는 요행은 이제는 믿지 않기로 하네

서른한 번의
꽃길을 사뭇 지나 종지 꽃에 은밀히 키운 불씨
무자는 무자로 지운다.

동자꽃

동자는 달마 찾아가고
동자꽃 핀다

봄에 오마던
네 눈길에도 내가 있을까

눈에
보고 지운 까시래기
붉은 눈물 지워 주리

푸른 하늘길
사랑이 오는 길

동자는 아니 오고
동자꽃 붉다.

연날리기

연날리기 좋은 가을날이다
급히 가 버린 오빠의 하늘
꼬리연 가물가물 꿈처럼 멀다

그윽한 하늘을 보다가 눈가가 젖어 오는
팔랑거리는 가오리연
잘 날아 올린 연이 곤드레 치다 철조망에 붙었다

오빠는 팔모얼레를 쥐었으니 나는 연을 잡으리라
겁 없이 울타리에 올라 연을 당겼다
발아래 부실한 흙담이 무너지던 가을 하늘

더운 여름에도 소매 속에 감추어 둔 훈장은
연날리기 추억의 선물이다
가만히 내려보며 오빠와 같이한 그 가을 하늘

아픔은 다 잊었는데
기억은 더 진하게 젊어 온다.

말 무덤

함부로 쏟은 말들을 주워
대죽리 주둥개 산을 찾아간다

말의 화살이 과녁을 비켜 가면
그냥 갈 것이지
가다 말고
애먼 가슴에 가시로 와 박힌다

네댓 번 얼개질해
분가루처럼 고운 말은
과녁을 어긋나 되돌아와도
마음의 흉터는
남지 않으리

말 무덤에
꾹꾹 화살을 묻어
제문도 읽고
참회문도 읊는다
짠지 누름돌 묵직이 눌러 다지니
함부로 짖던 개들의 주둥이가
고요하다

칼날은 양면의 날이 있다면
혀의 뿌리는 무수한 칼날이 숨어 있다.

공가空家

- 냉천동 재개발지구

실낱같은
연두 올 잣아
청라 언덕의 꿈을 잇습니다

푸른 신호등 껌벅일 때
느릿느릿 걸어도 좋은 사거리
만둣집 유리문에
空家라는 주홍 글씨
휑하니 알맹이 빠진 고동 소리에도

어스름 달빛 한 올
한사코 푸른 시를 짓는 담쟁이

찬 우물 길러 오던 오르막길
볕바른 벽돌집은
그 옛날 미장이가 쌓아 올린 기름진
양식이었다면
담쟁이가 쏟은
그 촘촘한 혈흔이
어찌 하찮은 노동이겠습니까

빈집이라고 고쳐 쓰면 알까
미끈한 대리석 성을 새로 쌓는다고

암벽 타기의 고수가
허공을 흔들 때 있듯이
잠시 흔들리다
찬 우물 수맥을 찾아가는 담쟁이
그 푸른 꿈
단꿈이면 좋겠습니다.

꿀벌 2

봄옷을 입어야지 걸어 두었는데 이미 여름이다
잉~잉 거리던 꿀벌, 이젠 별 게 다 그립다

하늘이 뚫린 듯
동이 비를 견디지 못하는 감나무
속절없이 애감을 쏟아

봄비와 함께 비처럼 쏟아지던
감꽃들은 수분을 못하고 떨어졌었나?
시멘트 바닥에 떨어진 땡감을
포대 자루에 가득 쓸어 담고 푸념한다

풋감을 다 털어 버린 감나무가
잘못을 저지른 상머슴처럼 머쓱하니

세계 꿀벌의 날이 5월 20일로 정하였다니
하루살이처럼 오늘만 살고 말 것처럼 막 살아가는
흥청망청 인간들의 소행이다

꿀벌 응애, 태양의 흑점 탓이나 하다
지구상에 벌집이 빈집이 다 돼 버리는 그날이 오면

인간도 4년을 견디지 못하고 멸망한다는
아인슈타인의 유언이 기우이기를 빌 뿐이다.

이사하는 날
- 냉천동 재개발지구

영문도 모를
골목 모퉁이에 모여 앉은
반반한 집기들
쓸 만한데 혹시
누가 가 저 가려나
공연히 둘러본다

침 발라 일기 쓰던
할로겐 스탠드
동그라니 머리 맞대고
후루룩 국수 먹던
냉면기
이럭저럭 버리고도
트럭은 퉁퉁 부어 있다

버려진 것은 아니라는 그들
빈 트럭을 기다린다.

소라의 숨

나선을 따라서
굽이굽이 돌아 올라야 하네

부드럽고 달콤한 속살은 땅으로 보내고
껍데기만 살아 있네
무릎을 꿇고 두 눈은 내리감아야
가슴에 쌓인 바다 이야기 은은히 들리네

눈을 꼭 감아야 하는 것은
거친 파도와
숨을 같이 모아야 들리는 노래
나선을 따라서
굽이굽이 돌아 올라야 하네

소라의 숨이 살아
먼 나라 달콤한 꿈들이 파도에 실려 오네

민서야, 눈을 꼭 감아 봐
바다와 교신하는 소라의 노래
달콤한 꿈들이 파도에 실려 가네.

생존의 법칙

새벽까지 비 뿌리던 하늘은
시치미를 떼고 있다
높이를 알 수 없이 하늘은 물색 깊다
간밤에 비바람은 없었는데
관악산 초입부터
떡갈나무, 상수리 가장이가 떨어져 뒹군다

말짱한 상수리 가지만 골라
톱질한 듯
바람개비 돌며 잎사귀가 떨어진다
잎사귀에 틀림없이 두셋 도토리가 달린 채로다

덜 여문 도토리 벙거지에 구멍을 뚫고
알을 낳는 거위벌레
초여름 빗줄기에 흐르는 전설을 터득했는지

아기 새끼손톱만 한 거위벌레는
상수리나무가 소중히 기른 도토리를 찜해서
구멍을 뚫고 알을 낳아 주둥이 톱으로
가지를 쓸어 땅에 떨어트리는
기막힌 전설의 완결자

도토리가 익어 껍질이 딱딱하면
벙거지에 구멍 뚫기도
가장이를 쓸기도 어렵다는 걸 터득한
생존의 달인이 이 속에
우화를 꿈꾸네.

물길

가뭄 끝에 큰비가 두어 번 지표를 깎아 풀잎을 훑치고 갔다
내줄 수 있는 것이라곤 푸른 살점과 아직 성근 뿌리일 텐데
지구 어느 귀퉁이가 얇아지거나
가뭄에 쩍쩍 갈라진 산천으로 가 금방 질식하는
새싹을 밀어 올리는 생명수가 되었을까
불어난 천변을 걷는다
천변의 주인인 양 물길을 둘러본다

비 온 뒤에 꼭 천수답을 둘러 물꼬도 트고 황톳빛 베잠뱅이로
돌아오시던 아버지의 피는 감출 수 없어서일까
왜 참을 수 없이 엉덩이가 들썩이며
애끓는 심사를 누를 수가 없는지
지대가 낮은 곳에 수해를 입었다, 사상자가 생겼다는 뉴스를
접하고도 물길의 길을 보고 싶은 게
불구경 가는 심사는 아닐까?

병원에 다녀올 빌미를 앞세워 안양 학의천
7월의 갈대는 허리춤까지 자랐을 테고 물이 좋아
물가에 자리 잡은 개미나리도 뿌리가 벌었으리라
이들이 모두 물길을 따라 물이 되어 있다
물이 곱게 빗질을 하며 동행을 하고 있었으니 망정이지

거부의 몸짓을 하였다면 동강 났으리
순순히 순응의 몸짓은 이뿐만 아니다
뿌리를 감싸고 있던 흙이 물길을 따라 합세하고 있다

얕은 곳으로 흐르던 물길은 엉뚱하게 깊은 곳으로 합류하여
제법 골 깊은 강처럼
콸콸 노래인지 울음인지 서로를 껴안고 흐른다
허리에 차름하던 갈풀과 개부들을 휘잡아 물길에 싸잡았다

서로 공생하는 터는 어느 순간이 오면 순순히
허락하며 한 길로 응수하고
시킨 것도 아니련만 산이 먼데도 선사의 법문이라도 들은 양
산사 새벽길 쓸어 놓은 빗질처럼 정갈해서
저들에게 운력을 배운다
왠지 들썩이던 마음이 예 와서 평정심을 찾았다
물의 길을 가려면 물의 마음이어야 하리
수심은 깊고 천변은 어이없이 넓어졌다.

쇠비름꽃

쇠비름도
꽃을 피울까
건초 더미에 던져 놓아도
이레 여드레
마알간 눈길이
날 좀 보라 한다

푸른 뼈를 사방 얼게 걸어
뿌리는 뿌리의 이력을 따라
꽃은
꽃다이
이름값 다하는
쇠비름꽃.

우체국 가는 길

받는 것보다 주는 즐거움에 두어 정거장 길이 가뿐하다
우체국 가는 길
5월의 젊은 가로수 의전을 받으며 여왕처럼 걷는다
하루가 행복하면 그대 왕처럼 행복하리라

지하보도 엘리베이터는 고장이라는 패찰을 걸고 있다
삑하면 고장나는 그것에 은근한 유혹이 사라져 후련하다
파란 신호등이 의젓한 걸음을 오래 기다려 주고
딱정벌레만 한 차들이 공손히 엎드려 예를 올리는데

인터넷 바다를 헤매기보다 훨씬 인간적이다
시장에서 좋아할 선물을 고르는 짭짤한 재미와 받는 이가
즐거워하는 모습이 찡하고 나이 들어
이 편한 세상에 사서 고생이라는 면박을 감수하고도 남는다

지금도 우체통을 보면 가슴이 설레인다
아직은 청춘일까, 사랑을 한 아름 안고 입꼬리는 위로
문은 엉덩이로 힘차게 밀고 들어오는 사람들 모두 왕이다
내용물이 뭐지요 하고 물으면 풋고추라 대답하는 사람,
주문진 마른오징어라 말하는 사람, 아니다
나는 사랑이라 대답한다.

제5부

징검다리

구름 함께 흐르는 천변이다
하늘 다 담아도 넘치지 않을 넉넉함이
청계를 닦아 온 근심 없는 앳된 물길이다

새끼 논병아리에게
은근히 금실 자랑하는 아비의 부숭 깃털
물풀에 숨어 기다리는 숨 터가 되고 싶다

발 디딜 폭만큼 엎드려 걸음걸음 쓰다듬는
묵묵한 징검돌
저 희생이 변함없이 반기는

천변을 달리는 아이야
논병아리 모이듯 어버이 보듬는 따스한 품 안에
서슴없이 안겨도 좋을 학의천 살자.

홍련암 해당화

꽃에
해그림자
꽃 속에
파도 소리
파랑새
날개
전설이 녹아 있네

금당에
둥그러니
님의 꽃
홍련이 피고

중생의
꽃
해당화
한살이가 붉다.

여름밤

초저녁
배꼽이 나오도록 먹은 수박이
밤중에 단꿈을 흔들었다

일어나 볼일을 보려는데
미닫이에 얼비치는
갓 쓰고 쪽진 할아버지 할머니
한 겹 창호문에 얼비친다

곤한 어머니를 깨우지 못하고
자리 속에 살그머니 도로 누웠다
밤늦게 누가 오셨나
참았던 요의를 누를 수 없어
고개를 드니 그제는 두런두런 얘기도 하며
고개도 끄덕인다
새벽이 더디 오던 그날 밤

지금 생각해 보니
일찍 뭍으로 보낸 막내아들 며느리
몹시 그리워
부모님 꿈속에 오신 게 아닐까

여름밤
여남은 살에 그 필름 한 장
걸핏하면 떠올라
괜히 훤한 유리문에 얼룩이 진다

어머니도
머리맡에 나 몰래 오실까
가끔은 내 머리카락 쓰다듬다 가실까.

암만 네 누이니까

- 친구 옥이

너보다 하루라도 먼저 가고 싶었던 나는
네 누이니라
엄마도 아빠도 없는 유일한 핏줄 누이니라

부모는 세상을 뜨며
철이 들까 말까 한 중학생 나에게
주민등록에 너랑 나랑 얽어 놓았던 삶이다

천애의 고아,
누이이고자 내 생이 좀 후줄근해도
너만은 번듯하게 만들고 싶었다 대학도 보내고 박사도 따 주고
걸맞은 아내도 안겨 주어
맞춤 헌칠한 키에 승모근이 두툼한 사내로 자라
두 아이의 애비도 되더라니 내 운기가 보이지 않는
끈으로 이어져 흐르고 있었느니

이제 그 끈을 끊고 가누나
고희古稀는 넘겼다고 남들은 할 만큼 했다고들
남의 이야기로 하더라만
짧았던 부모의 명까지 느긋이 누리고 살다 가길 바랐다

홀연히 앞서가는 사람아
너는 나와 무슨 연緣이더냐

무슨 연이든 다시 연이 닿을 수 있다면
너를 이리 먼저 보내진 않으마
암만 네 누이니까.

함박꽃 피지 않는 *함박도

무량리행 버스는 하루에 한 차례뿐이다
이정표 앞에 멍하니 무량한 그 이름 입술에 뇌이면
순박한 사람들 떠올라

함박꽃웃음, 가리는 소매 너머
무량한 사람 만나고 싶은 꿈 뭉게뭉게 피어나
길 잃은 마음이 먼저 앞서가 닿는 곳

다 닳은 돌쩌귀에 문설주가 몸 말리고 서 있는 곳
서슬 푸르른 지난 시간들이 자글자글 졸아들어
길가에 머리 희끗희끗 풀들이 나와 있다

갱변 깊숙이 걸어 들어간 투망꾼 몇이서
왁자하게 그물을 던진다
금빛으로 날아간다

이리저리 튀는 밴댕이를 잡았다 놓아주니
밴댕이란 놈도 바다가 무료해 잡혀 주기도 하는지
잊힌 이름인데 함박웃음은 살아 있다

길에서 산짐승을 만나도 피할 일 없이 면면한 함박도

무량리 주소를 주머니에 깊숙이 접어 넣고 나니
부력을 잃고 뜬 밴댕이처럼 시간을 바다에 자빠뜨리고

느릿느릿 구멍 난 그물을 걷고 또 투망 한다
그래, 함박도
마음속 청산처럼 오고 갈 줄 모르고 거기 떠 있다.

* 인천광역시 서도면 말도리 산 97번지 무인도

치뜬 눈매가 진득이 누를 것이다

황금부동산이 문을 닫은 후
카페가 들어선다

인테리어를 바꾸느라 공사가 한창인데
김밥집이었다가
작은 꽃집이고
누군가의 아틀리에였으니

그때마다 인테리어 뒤집어
김밥 냄새를 날리고 꽃 냄새 지우고

커피 냄새 풍기도록
못질하고 사포질 한창이다

경기 어려울수록 인테리어 사장만
배부르다 하지만 어림없다

야무진 꽁지머리
대여섯 달을 버티다 문 닫는 가게 터
아마도,
치뜬 눈매가 진득이 누를 것이다.

방생

겨울 임진강
은색 갈기를 번뜩이고 있네

툰드라를 싸잡아 온 순수의 결정에
아이의 잊힌 썰매가
수정의 고삐에 묶여 있다

벌목하듯
톱으로 강폭을 썬다
울컥울컥 버스에 시달려 온 미꾸리야
너는 이 자유가 그토록 원하던 것이더냐

뚫어 놓은 얼음 구덕에
회한이 시퍼런 강의 울음이 솟구쳐서
마음의 속죄가 든 걸망을 풀어놓지도 못하네

참회는 이리 쉽게 받고 주는 것이든가
저 미물은 용왕님을 만나 세상이 넉넉하고
아름답다 말할까?
살 만하다 말할까?

바위 문

곁을 바짝 스쳐 지나는 건 발아래 이어진 단층 때문이다
구름에 오르는 상상으로
무심한 척 떨리는 마음을 꾹꾹 단속하며 걸었다

그에게 인성이 있다면 과묵한 선사였을 것이다
감각의 문을 전부 닫아 이미 밖으로의 변화에 냉담한 그는
내공에 침투한 기포를 배출하는데 진중할 뿐
마음의 심지에 묵향을 지피고 범접을 허락하지 않았다

흙이 뭉치는 인연을 헤아려 본다
먼지가 바위가 되는 시간은 몇 톤이나 쌓일까
간데없이 자취를 감춘 따오기 노래에 묻었던 솔씨 하나
세침으로 벼락 바위에 돌옷을 깁는 세월은 또 얼마나 멀까

떡잎을 틔운 것은 바람에 실어 온 해와 달의 간극에
실오라기 같은 명운을 길어 올린 것이니

그 진중한 선사는, 수태의 진실을 스스로만 모르는 비밀이다
속세는 뒷전이고 홀사랑에 두근거리며
산에 올라 그의 고집을 사랑했는데
배흘림기둥처럼 산을 밀어 대는 그를 이제 잊어야 하네

얼기설기 뿌리는 모천을 향해 내리니
처음으로 혈연의 비린 속성에 생살을 열고 있는
바위 솔은
하늘로 석순을 쌓는 물방울의 기적처럼 자라고 있다.

가을 떡

시월이 오면
어머니의 팥시루떡은 이름만 팥시루떡이었습니다
팥이 절반 무채가 절반
하얗게 밀가루 시루번을 두르면 사뭇 진중했습니다
기다림이 길다 싶을 때 솥뚜껑을 열어
긴 젓가락으로 숨길을 뚫어 푸우 한숨을 토해 내는
가을 떡시루는
인생사와 닮아
한시도 한눈을 팔지 않아야 익습니다

노랗게 살 찌운 은행잎을 처연히 흩뿌리는
은행나무 아래 10월을 걸어서
풍년 떡집에 차 시리 떡을 주문합니다
오기 시루가 있을 리도 없지만
켜켜이 편편히 돌곰돌곰 인정을 가늠할 재간이 없어

가을이 오면
상달 길일을 잡아 가을 떡을 동네방네 돌리시며
송글 거리던 땀방울 그리워
어머니처럼 가을 떡을 했습니다

논빼미 하나 없이도 나누고 살으신
돌곰돌곰 살고 싶어
어머니!
오늘 가을 떡을 했습니다.

효孝 나무

출장에서 돌아온 엄마의 꾸러미 속에
용이 장난감, 그리고
멋진 새 핸드백이 빛이 납니다
엄마! 이건 엄마 거지?
아냐, 할머니 거란다
얘는, 젊은 에미가 들어야지
아니에요, 저는 아무거나 들어도 돼요

핸드백은 핑퐁처럼 이리저리 오가다
할머니께로 갔습니다
잠시 머쓱해진 용이
아! 엄마 것은 용이가 커서 사다 줄게요

본 대로 자라는 효 나무
세상에서 가장
아름다운 나무
용이네는 또 하나의 꿈나무가 자랍니다.

꽃돔 분해

동생 금이는
새벽 자갈치에서
눈이 초롱초롱한 꽃돔을 데려왔다

가덕도의 첫 봄
꽃구경하러 나왔다가
붙잡혀 온 녀석을
무지개 비늘치고
수염 지느러미 곱게 다듬어 네게로 보냈는데
곱디고와 어찌할까

분해가 시작되고, 끝내
오물오물 신기하게 오물거렸을
단단하게 뭉친 볼때기 살 한 점도 허투루
남기지 않아

상을 물리다 흠칫
오랜 아버지의 상을 물릴 때처럼
완전 분해를 보다.

*봉정암 가는 그 비단길 1

천불동 계곡은 내려오고 또 내려와도 한도 끝도 없다
천불나는 속을 달래는 이름이라지만 나에겐 비단길이었다
딴은 절묘한 이름이기도 하겠다
천불千佛의 황홀경과 골백번 넘게 잠겼다 곤두박질치며
흘러온 이력 따라
해맑은 바위의 흰 빛에 반해 고행도 달가운 비단길이다

사노라 태산인 양 꿈쩍도 않는 고비에 환하게 마음 밝히는
촛불은 세상의 종교를 다 평정하는 대상 아닐까 그 촛대바위,
성모 마리아상, 십자가상, 석가상, 관음상, 천사, 손가락 부처,
와우불, 귀면상, 호랑이 상, 코끼리 상, 도깨비, 다람쥐 바위…
용아장상은 원초적 상像을 빼닮아
금강산 일만 이천 봉우리 버금가는
천상 세간을 다 옮겨 놓은 용아장성이 장엄하다

봉정암 뒤로 펼쳐진 봉황이 알을 품은 정수라 하는
용아능선은 화엄의 파노라마다
그 도량의 정수 1,300미터 고지에 부처의 뇌 사리를 봉안한
오 층 사리탑!
사시사철 중생의 고뇌를 품느라 늘 고단하시다 청정하시다

뇌 진신사리 탑 앞에 머리 조아리면
가슴을 쓸어주던 마법 같은 안도의 숨,
낙락장송의 수호를 받는 곳

일생에 3번만 가도 원을 이룬다는데 749번 순례하신
믿기 힘든 노 보살님 이야기다
퇴행성 다리 수술을 앞두고 마지막은
아들의 등에 업혀 750번 등정했다는 전설 같은
실화를 품을 만하다

세 번째 내 순례길, 어느 보살의 흰 코고무신이 떠오른다
등산화를 마련해 드리지 못한 자손을 탓하려는
우리의 속마음을 뭉개며
바닥이 생고무라야 덜 미끄럽다고 우기며
휑하니 해탈 고개를 거미처럼 착 붙어 오르던 그 불심
경이로운 비단길!

* 설악산(1708m) 고지의 소청대피소 1244m 지점에 위치한 우리나라 최
북단이며 제일 높은 곳의 암자로 대한불교 조계종 백담사의 말사이다. 신라
643년 자장율사가 당나라에서 모셔온 부처님 뇌진사리를 법당 옆으로 자연
암반의 기단에 5층 보탑을 세우고 봉안한 곳이다. 우리나라 5대 적멸보궁 중
에 하나이며 보물 1832호로 지정되었다.

봉정암 가는 그 비단길 2

눈썹도 빼 두고 간다 하는 봉정암 순례길 그 푸른 시절은
춥도 덥도 않은 6월이 무난했다
수렴동 계곡은 6월에도 서늘하게 등을 쓸어주었으니
이른 장마를 만난 그 해는 안개비가 훼방을 놓았다
일 년에 7할은
비바람이 상주한다는 말을 증명이나 하듯 비바람을 만나
대청봉에서 일박을 하는 상황이었다

첫 순례길 때라,
이러다 계곡에 물이 불어 순례가 무산되는 조바심에
물이 불어나기 전에 혼자라도 가겠노라
부득부득 우기던 기억
하룻밤을 자고 대청에서 봉정 가는 고샅길을 걸으며
많이 설익은 초발심은 사스레 나무, 눈주목, 시누대를 헤치며
소풍 나온 아이처럼 부끄러운 줄도 몰랐다
내려올 때는 이번이 마지막이라 다짐하지만 다리에 몽우리도
풀리기 전에 다리에 핏기 있을 때 가는 거라고
되짚어 가고프던 그 비단길

자신의 입은 스스로 해결하려 먹거리를 등짐 지고 가야 했다
지금도 그러리라

공양물과 식자재 나르는 처사가 두어 분 계셨지만
막 부화해 바다로 가는 새끼 거북이처럼 죽기 살기로
깔딱고개를 네발로 기어서 오르는 그 많은 순례자의 허기를
채우기는 역부족이었을 게다

쪽물 흠뻑 머금어 티 하나 없는 봉정의 하늘을 휘젓는 소리,
하늘엔 뜬금없는 취사용 산소통이 매달려
봉정으로 대청으로 나르는 헬리콥터가 날고 있었다
놀라기는커녕 막 눈이 뜨기 시작한 설익은 불심이
헬리콥터를 타고 가는 산소통을 멍하니 부러워하던 하늘길

이제는 그 헬리콥터가 부럽지 않다
한 걸음 한 걸음 걸어서 사리탑까지
내 마음의 비단길 오르고 싶다.

꽃으로 피어라
- 금붕어

일생이 담백하다
강으로 가는 꿈이 전부였으니
온 생이 물이다

옷 한 벌로 생을 마치고
황금빛 광배는 물속에 다 녹아
선승처럼 제 명이 다함을 미리 아는지
끼니를 거부하다
몸으로 쓴 언어들
들어주는 귀는 애초에 없었으나
빠져나온 몸짓만큼 고요가 왔을까

바닥을 등지고
둥 떠올라 조각배처럼 뒤집히는 그를
국화꽃 그늘에 심었다

꽃을 넘보질 않았지만
설핏 땅 위 삶이 궁금했을까
이따금 물을 주며
꽃으로 피어라
황국이 피어라.

시집 원고를 묶어 놓으니
많은 일상이 버무려 복잡했던 순간들
잘 견디고 살았다는 안도의 숨이 트인다

순응하며 쉬엄쉬엄 살아야지
횅하니 들녘에 나가 사마귀가 후미진 곳에
제 알을 숨겨놓을 곳
여태도 찾고 있는지
물색 깊은 하늘에 황조롱이
가솔은 얼마나 붙었는지
가벼워진 어깨에
시답잖은 것이 시답게 다가올까

가을바람에 머리를 맡겨 본다
뽕은 넣지 말고 자연이게
이왕이면, 다크브라운 색으로 물들어 간다.

2023년 가을, 신장련